BANQUET

donné

PAR LES MEMBRES DE L'ACADÉMIE

DES SCIENCES, BELLES-LETTRES ET ARTS
DE BORDEAUX

A M. JULES DE GÈRES
Président.

BORDEAUX

MDCCCLX

. . . . . . *Nunc vino pellite curas :*
Cras ingens iterabimus æquor.

HORACE.

BANQUET

donné

PAR LES MEMBRES DE L'ACADÉMIE

DES SCIENCES, BELLES-LETTRES ET ARTS
DE BORDEAUX

A M. JULES DE GÈRES
Président.

BORDEAUX
MDCCCLX

Le mercredi, 25 Janvier 1860, à six heures du soir, les Membres de l'Académie de Bordeaux, réalisant un projet dont M. Costes, Secrétaire général, avait le premier émis l'heureuse pensée, se sont réunis à l'hôtel Richelieu et ont donné un banquet à leur Président, M. le vicomte Jules de Gères.

Sur la demande de MM. Costes et Fauré, ordonnateurs de cette fête confraternelle, le couvert avait été dressé dans le même salon où, il y a environ un an, M. Jules de Gères conviait tous les Membres de l'Académie à un splendide festin. — Ses collègues ont voulu par le choix du local, rappeler le souvenir d'une affectueuse courtoisie.

Les convives sont au nombre de vingt-deux. MM. :

Jules de Gères, Président, — Abria, Baudrimont, Blatairou, de Bourdillon, Brochon, G. Brunet, Cirot de la Ville, Costes, Dabas, Dutrey, Fauré, Gaussens, Gout des Martres, de Lacolonge, Manès, H. Minier, Ch. Des Moulins, Raulin, Saugeon, Vaucher, Villiet.

Absents, MM. :

Arman, Geffroy, Mis de La Grange, — à Paris ;

Gorin, — à Madrid ;

De Lamothe, Petit-Lafitte, — en voyage ;

Gintrac, — indisposé ;

Dégranges, Delpit, Léo Drouyn, Duboul, Jacquot, Marchant, — deuil de famille. — Cette légitime cause d'une absence regrettable avait été préalablement exposée dans des lettres d'une convenance parfaite.

MM. A. Gautier et Lespinasse écrivent pour s'excuser, auprès de leurs collègues, de ne pouvoir assister, par des motifs imprévus et majeurs, à une fête dont le projet avait reçu leur vive adhésion.

La place d'honneur du banquet est donnée à M. Jules de Gères. — Il a, à sa droite MM. Dutrey et Brochon ; à sa gauche, MM. Costes et Fauré ; vis-à-vis de lui, M. H. Minier, Vice-Président.

Une gaîté sympathique règne pendant tout le repas. — Le service est fait avec intelligence et promptitude. — Des vins de premiers *crus* et de dates fameuses, fournis par les convives, arrosent abondamment des mets fins, variés, exquis, dont la préparation fait honneur à la science culinaire du *chef* de l'hôtel Richelieu.

Au dessert, M. H. Minier prend la parole, et, s'adressant à M. Jules de Gères, lui dit :

A vous, notre cher Président,
Esprit aimable, cœur ardent,
Dont nous avons fait la conquête !
A vous, si richement doté,
Musicien, peintre, poète,
De trois muses l'enfant gâté !
A vous qui, d'une main amie
Le recevant avec fierté,
Si noblement avez porté
Le drapeau de l'Académie !
A vous, dont mille soins constants,
Loin de nous, consument le temps,

Dans votre agreste solitude,
Et qui, pourtant nous fîtes voir,
Modèle de l'exactitude,
Que, toujours, *vouloir* c'est *pouvoir*,
Quand le sentiment du devoir
Prend sa force dans l'habitude !
A vous ce toste ! — Et, de nos cœurs,
Par vous et pour vous tout en fête,
Que la plus franche des liqueurs,
Le vin se fasse l'interprète !
Dans cette agape où la gaîté
Lève toute austère consigne,
La parole, au jus de la vigne
Appartient ; — qu'il soit écouté !

Le vin qui jase dans nos verres,
Vous dit bien haut : « Jules de Gères,
» Le dévouement porte bonheur.
» Dans l'académique domaine
» Guider le groupe moissonneur,
» Quel tracas ! mais beaucoup d'honneur
» Fait oublier beaucoup de peine.
» Le temps par vous sacrifié

» Aux Immortels, vos humbles frères,
» Trois fois, en lauriers littéraires,
» Publiquement vous fut payé!
» Vos succès, vous pouvez m'en croire,
» Brilleront dans nos souvenirs;
» En doublant nos doctes plaisirs,
» Vous avez doublé votre gloire! »

Voilà — l'écho l'a répété —
Ce que vous dit, Jules de Gères,
Le vin qui jase dans nos verres,
Et le vin dit la vérité. —
Président, à votre santé!

A ce toste, vivement applaudi, M. Jules de Gères répond :

MESSIEURS ET BIEN CHERS COLLÈGUES,

Vous avez voulu m'admettre une fois encore à l'honneur de vous présider.

L'an dernier, je prenais place à cette table avec un vif plaisir; cette année, je m'y suis assis avec bonheur.

J'y ai reconnu, contrairement à l'expérience et aux pentes naturelles du cœur, qu'il pouvait parfois être moins doux d'offrir que d'accepter. Je vous remercie de me l'avoir appris par un procédé si flatteur et si fraternellement aimable.

Ainsi que je l'écrivais avant-hier à notre vaillant Secrétaire général, je suis surtout heureux de voir cette réunion consacrer un principe que je désirerais être adopté désormais, puisque son agréable mise en pratique ne peut que cimenter nos rapports, et par cela même concourir à l'ensemble de nos progrès.

Donc, Messieurs et bien chers Collègues,

— A nos futurs banquets !

— A notre nouveau Président ! — Il ne cessera pas d'être un spirituel poète, et un excellent ami ;

— A l'union, — à la prospérité littéraire, scientifique et artistique de l'Académie de Bordeaux !

De chaleureux bravos accueillent ces cordiales paroles ; — d'affectueuses *santés* s'échangent ; — les verres ont suivi le mouvement des cœurs.

M. le Marquis de Bourdillon réclame la bienveillante

attention de ses collègues, et, d'une voix émue, il lit les vers suivants :

Depuis plus de deux ans brisé par mes souffrances,
De mon âge triste attribut,
Je n'ai pu, plaignez-moi, me rendre à vos séances,
Ni du moindre travail vous payer le tribut.
Retiré dans ma solitude,
Privé des douceurs de l'étude,
J'ai passé mes jours et mes nuits
Dans un état d'inquiétude
Ou d'accablante lassitude,
Sombres enfants de mes ennuis.

J'apprenais cependant par des rapports fidèles
Que notre Académie agitant son flambeau,
Entourait de clartés nouvelles
Cet astre symbolique étalant sur ses ailes
Les mots : « *Crescam et lucebo.* »
Et j'étais réjoui; puis j'apprenais encore,
Du mandat annuel que le terme approchant,
De Gères sans fatigue était à son couchant
Aussi disert qu'à son aurore.

Avant-hier enfin, un billet tout coquet
Et parfumé comme un bouquet,
Tracé par une main amie,
M'annonçait que l'Académie
A son cher Président destinait un banquet.

Seigneur, viens à mon aide, en ta miséricorde!
Me suis-je soudain écrié;
De ma lyre consens que je touche une corde
En l'honneur du repas auquel je suis prié!
Tu sais depuis longtemps que valétudinaire
Ma muse septuagénaire
Ne module plus ses accords;
Permets qu'en cette circonstance
Mon pauvre Pégase s'élance
Et s'affranchisse un peu du mors.

Mon ardente prière a percé les nuages
Et, malgré le tonnerre et malgré les orages,
Le Seigneur Dieu, dans sa bonté,
A fait luire à mes yeux humides d'espérance,
Un rayon de convalescence
Et presque un éclair de santé.

Me voici donc encor, Messieurs, en compagnie
De cette noble Académie :
Quelques-uns d'entre vous ne me sont pas connus ;
Mais le choix qu'en a fait le docte Aréopage,
De leurs talents divers m'est un assuré gage,
Et je bois aux nouveaux venus.

Un vœu pour dernier tost : — Qu'aux rives étrangères
Comme en France, du temps désarmant la rigueur
Et de l'oubli toujours vainqueur,
Le vers harmonieux du vicomte de Gères
Charme tout à la fois les heures passagères,
Le bon goût, l'esprit et le cœur !

Les témoignages de la plus vive approbation sont donnés à ce toste anacréontique, — nouvelle fleur d'une imagination toujours printanière.

M. Gout des Martres est sollicité de prendre la parole. Il cède aux instances de ses collègues, et prouve, par une allocution des plus heureuses, que l'éloquence du cœur n'a pas besoin de préparation.

Mille propos se croisent, dont les nouvelles du jour font largement les frais. — Bientôt l'attention générale se concentre sur un fait raconté par un des convives,— et qui intéresse la science en même temps qu'il montre à quel prix s'achètent les victoires. — Il s'agit d'un éclat d'obus, du poids de 57 grammes, extrait, le matin même, — dans l'hôtel Richelieu, — de l'épaule du brave colonel Maire, laissé pour mort sur le champ de bataille de Solferino. — Cet effrayant projectile, sur lequel se fixent tous les regards, circule de main en main; — c'est la gloire faisant le tour de la table!

A neuf heures, les convives passent dans le salon où le café va leur être servi. — Là, M. Baudrimont, que ses préoccupations scientifiques accompagnent partout, a ménagé à ses collègues une douce surprise : du lait auquel un berger des Alpes, par un procédé des plus simples, a conservé sa primitive saveur. — Cette exhibition délicate est très-goûtée de MM. les Académiciens.

Des groupes se forment, la conversation s'anime, les intimités se ravivent et le temps s'envole inaperçu. —

Vers onze heures, MM. les Académiciens se séparent, enchantés de la soirée qu'ils viennent de passer ensemble et se promettant bien de renouveler, l'année prochaine, leur agape confraternelle.

N'est-ce donc pas dans ces réunions où la pensée se détend, où les cœurs sont à l'aise, que l'esprit de corps, plus que partout ailleurs, se retrempe, se fortifie et se perpétue ?

25 Janvier 1860.

Toute bonne fête a son lendemain ; — ainsi le prouvent les trois pièces de vers annexées au présent procès-verbal, — dont elles sont le gracieux complément.

A BOURDILLON

Marquis, ta muse est femme et nous le fait bien voir.
En vain de fils d'argent la coquette se pare,
Comme ses blondes sœurs prompte à nous émouvoir,
La belle n'a, — malgré l'addition barbare, —
Que l'âge, — on le savait, — qu'elle paraît avoir.

Oui, bien qu'en aient médit tes calculs de Géronte,
Elle est et paraîtra toujours jeune à ce compte;
Sa main, prenant ta plume en battant l'allégro,
Après ton chiffre sept pose un joyeux zéro,

Mais c'est pour défier Barême, qu'elle dompte;
Et ton Pégase, eût-il l'âge de Cornaro,
Est, morbleu, leste et vert quand c'est toi qui le monte!

Hier, l'ardent coursier, souple comme à vingt ans,
Au Pinde avec orgueil portant son maître illustre,
Par son pas cadencé charmant les assistants,
De ses lustres éteints s'est fait un nouveau lustre!

Sur ses reins élégants fier qui peut s'appuyer.
Au sommet tentateur où l'œil du dieu le guide,
Sa course étincelante arrive plus rapide,
Mais l'honneur t'en revient, merveilleux écuyer!

Toi? septuagénaire?... allons donc! quand ta muse
Pétille alerte et fraîche au bout d'un gai repas?
Va! tant qu'aux fins banquets où sa verve s'amuse
Elle viendra le dire, on ne la croira pas!

De cette feinte, aussi, l'heure était mal choisie.
Battus, au démenti par toi-même livrés,
Tes arguments prouvaient ta vive poésie

Mais doit-on faire ainsi goûter son ambroisie
Aux Collègues jaloux qu'à tort on a sevrés? —
Cruel ! pourquoi tenir, loin des bravos avides,
Dans tes lares fermés tant de concerts secrets?
Est-ce pour redoubler nos sincères regrets
Qu'éclatent, en fuyant, ces sons doux et perfides?
Ah ! puissent les échos, que ta voix laissait vides,
A ses moindres accents se montrer indiscrets !

Que le Seigneur clément qui dispense nos heures,
Comme en ce faste soir veillant à nos plaisirs,
Te ramène souvent en nos doctes demeures
Chargé des fruits exquis de tes féconds loisirs !
Que pardonnant au cri d'égoïstes désirs
Il fasse bons tes ans, et leurs saisons meilleures !
Qu'aux vœux de tes amis mesurant sa bonté,
Il te donne, augmentant ta vigueur, ton courage,
Non pas un court rayon perçant le long orage,
Non pas dans la souffrance un éclair de santé,
Mais un ciel plein de joie, un soleil enchanté,
Sur des jours sans douleur un beau temps sans nuage,
Et tu pourras longtemps, si je suis écouté,
Au livre des heureux ajouter une page !

A ce bonheur, vois-tu, je suis intéressé.
Certain d'aller moisir sur les planches légères
Où ta bonne indulgence en honneur l'a placé, —
Narguant l'oubli mortel, c'est tout simple, de Gères
Aime bien mieux, ami, par tes rimes bercé,
Vivre au fond de ton cœur que de tes étagères!

Jules de Gères.

Richelieu, 26 Janvier 1860

A JULES DE GÈRES

SIMPLE BILLET

Cher Président, à ton banquet,
Parmi ses sœurs, ma pauvre muse,
Hier, se sentit triste et confuse
Voyant qu'à sa main il manquait
Pour t'en faire hommage un bouquet.
Je le confesse, tout l'accuse : —
La paresse et son ver rongeur,
Son embarras et sa rougeur...
Mais accepte son humble excuse
Qu'emporte ce pli voyageur !...
Si cette fleur pâle et posthume
Manque d'éclat et de douceur,
L'amitié du moins la parfume,
Car je la cueillis dans mon cœur.

E. Gout des Martres.

St-Genès, 26 Janvier 1860,
11 h. 1|2 du soir.

A GOUT DES MARTRES

SIMPLE RÉPONSE

Comme l'adieu fleur du départ,
— Fleurs des plus tristes dans la vie! —
Sur ma route, déjà suivie,
Je reçois un mot de ta part.

De ton âme, aux regrets sensible,
Mon âme, complice à moitié,
Avant d'ouvrir le pli flexible
A dit : — c'est un mot d'amitié. —

Merci ! matinale surprise !
Du doux billet développé
Le blason sous mes doigts se brise :
Non, je ne m'étais pas trompé.

Tu m'écris, ami trop aimable,
Que de ton cœur, enclos fleuri,
Vient cette fleur inestimable
Qu'emporte mon cœur attendri.

De ces parfums, hélas ! si rares,
Dont nos temps, frère, sont avares,
Ne crois pas me rassasier ;

De ton bon cœur, — rimes ou proses, —
J'accueillerai toujours les roses,
Mais garde-moi bien le rosier !

Jules de Gères.

Gare St-Jean, 27 Janvier 1860,
9 h. moins 10 du matin.

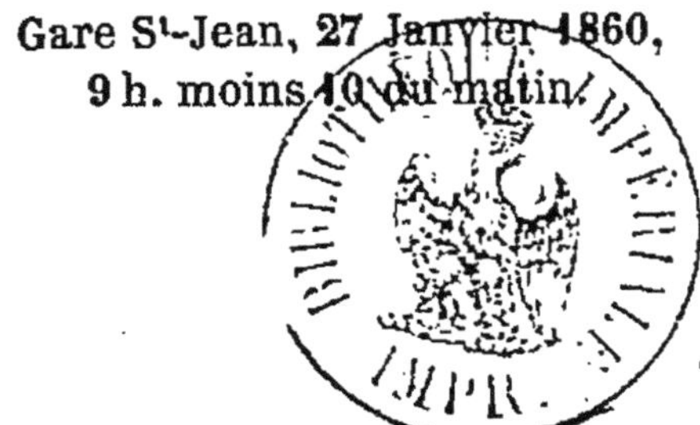

Typ. Ve Justin Dupuy et Ce, rue Gouvion, 20.

www.ingramcontent.com/pod-product-compliance
Ingram Content Group UK Ltd.
Pitfield, Milton Keynes, MK11 3LW, UK
UKHW021159230726
13926UKWH00001B/203